DIÁRIO de uma VOLÁTIL

DIÁRIO de uma VOLÁTIL

AGUSTINA GUERRERO

Tradução:
Marcelo Barbão

1ª edição

Rio de Janeiro | 2017

CIP-BRASIL. CATALOGAÇÃO NA PUBLICAÇÃO
SINDICATO NACIONAL DOS EDITORES DE LIVROS, RJ

G964d

Guerrero, Agustina
Diário de uma volátil / [Texto e ilustração] Agustina Guerrero; tradução Marcelo Barbão. - 1. ed. - Rio de Janeiro : BestSeller, 2017.
il.

Tradução de: Diario de una volátil
ISBN: 9788546500482

1. Humorismo argentino. I. Guerrero, Agustina. II. Barbão, Marcelo. III. Título.

17-42203
CDD: 868.99327
CDU: 821.134.2(82)-7

Texto revisado segundo o novo Acordo Ortográfico da Língua Portuguesa.

Título original:
DIARIO DE UNA VOLÁTIL

Copyright © Agustina Guerrero, 2014
Copyright © Penguin Random House Grupo Editorial S.A.U., 2014
Copyright da tradução © 2017 by Editora Best Seller Ltda.

Ilustrações de Agustina Guerrero
Adaptação de capa e de miolo: Renata Vidal

Todos os direitos reservados. Proibida a reprodução,
no todo ou em parte, sem autorização prévia por escrito da editora,
sejam quais forem os meios empregados.

Direitos exclusivos de publicação em língua portuguesa para o Brasil adquiridos pela
EDITORA BEST SELLER LTDA.
Rua Argentina, 171, parte, São Cristóvão – Rio de Janeiro, RJ – 20921-380
que se reserva a propriedade literária desta tradução

Impresso no Brasil

ISBN 978-85-4650-048-2

Seja um leitor preferencial Record.
Cadastre-se e receba informações sobre nossos lançamentos e nossas promoções.

Atendimento e venda direta ao leitor
mdireto@record.com.br ou (21) 2585-2002.

PARA JANDRO,
POR SEU AMOR, PACIÊNCIA E PELO CAFÉ COM LEITE DIÁRIO.

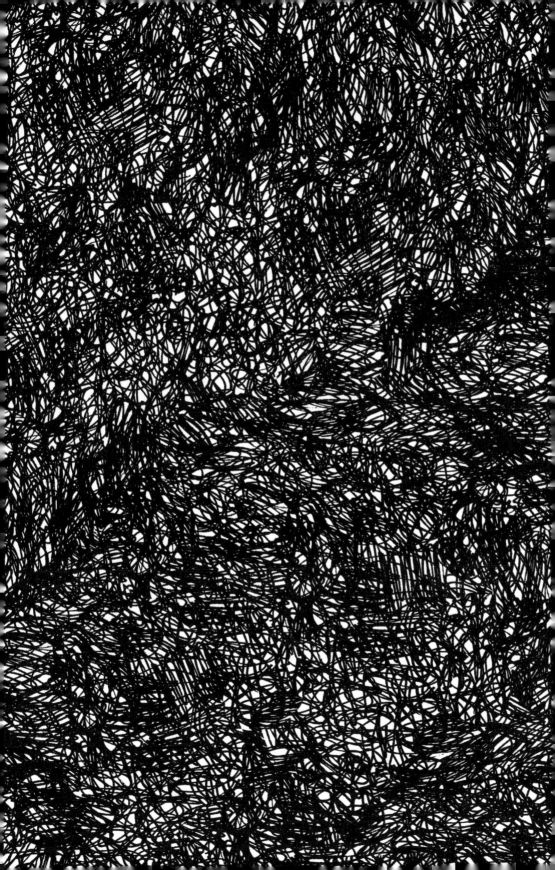

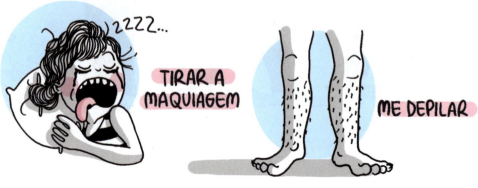

TINGIR O CABELO

JOGAR FORA CALCINHAS VELHAS

ORGANIZAR MEUS ARQUIVOS

IR AO DENTISTA

DESEMBOLAR OS CABOS

ENCHER A FORMA DE GELO

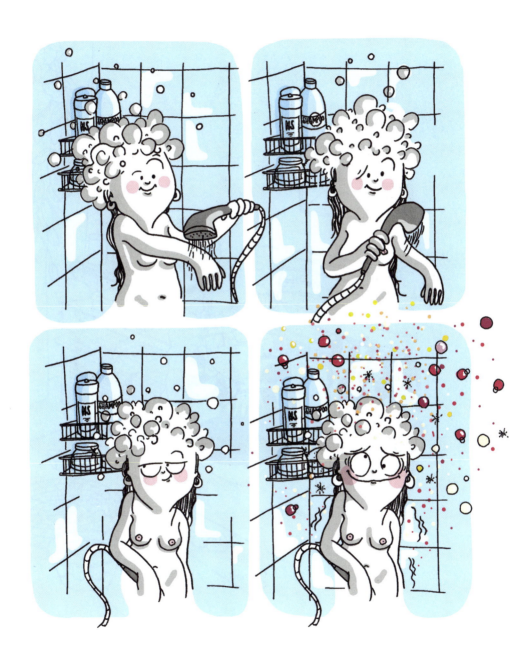

HOJE ENCONTREI UMA CAIXINHA
DE LÁPIS DE COR
(E ELES TÊM UM CHEIRO DELICIOSO!)

Assuma que:
VOCÊ SE APAIXONOU E VIROU UMA BALEIA

POUCO ARROZ

ESCUTAR O NOME

DANÇAR GRACIOSAMENTE

ARRUMAR MEU CABELO

ABRIR COISAS

USAR CALCINHA FIO DENTAL

ALGUNS INDÍCIOS DE QUE ESTOU FICANDO MAIS VELHA:

• PREFIRO OS LUGARES TRANQUILOS E COM POUCA GENTE

Confesso que

NÃO TENHO IDEIA DE COMO LER UM MAPA

FUI INFIEL E CORNA TAMBÉM

CANTO COM O SECADOR E FINJO SER UMA ESTRELA

ADORO VER APRESENTAÇÃO DE NADO SINCRONIZADO

MEUS SUTIÃS SÃO COMO DUAS ALMOFADAS

ÀS VEZES ME TOCO

NUNCA CONSEGUI ASSOBIAR

COMPREI UMA JAQUETA, USEI PARA UM CASAMENTO E DEVOLVI

NÃO VEJO NADA SEM ÓCULOS, MAS SEM ELES FICO MAIS BONITA

ALGUNS INDÍCIOS DE QUE ESTOU FICANDO MAIS VELHA:

- QUANDO OS OUTROS NOTAM

QUANDO ACHAVA QUE TUDO JÁ TINHA CAÍDO... A BUNDA,

OS PEITOS, OS BRAÇOS, AINDA FALTAVA ALGO...

- CURA A DEPRESSÃO, O ESTRESSE E A ANGÚSTIA
- LIMPA E VENTILA OS PULMÕES
- OXIGENA O CÉREBRO E O CORPO
- REGULARIZA OS BATIMENTOS CARDÍACOS
- RELAXA OS MÚSCULOS TENSOS
- DIMINUI A PRESSÃO ARTERIAL DO SANGUE
- AJUDA A QUEIMAR CALORIAS
- PRODUZ ENDORFINAS
- AUMENTA A CONFIANÇA EM SI MESMO
- POTENCIALIZA A CRIATIVIDADE
- ALIVIA A INSÔNIA
- AJUDA A ELIMINAR PENSAMENTOS NEGATIVOS

SOMOS O QUE SOMOS, MAS COMO É BOM SER MULHER!

HOJE EU FICO AQUI.

O TAMANHO IMPORTA, SIM.
(SORRIA! QUANTO MAIOR O SEU SORRISO, MELHOR!)

O MENTIROSO   O QUE NEM TE NOTA

O EGOÍSTA   ELE

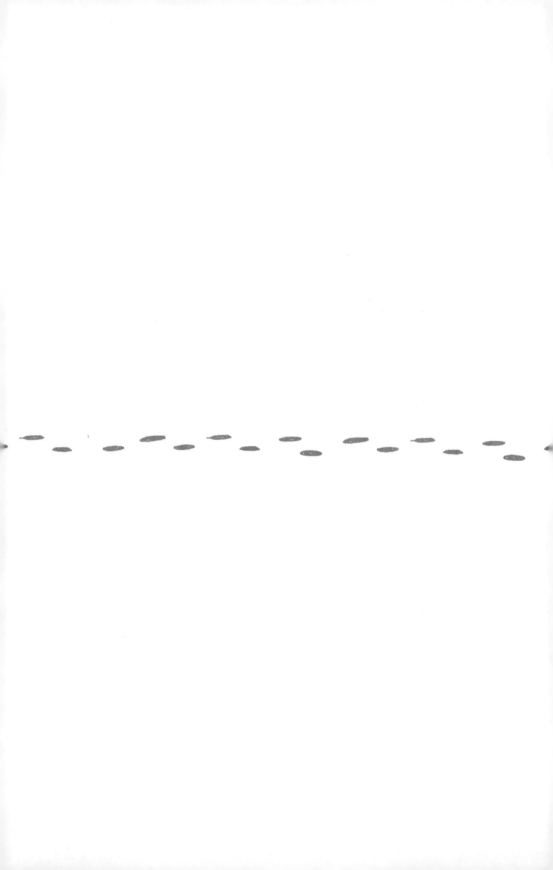

A MAGIA DE CORRESPONDER

ENCONTRE AS 7 (MIL) DIFERENÇAS:

DIAS DE RELACIONAMENTO

ANOS DE RELACIONAMENTO

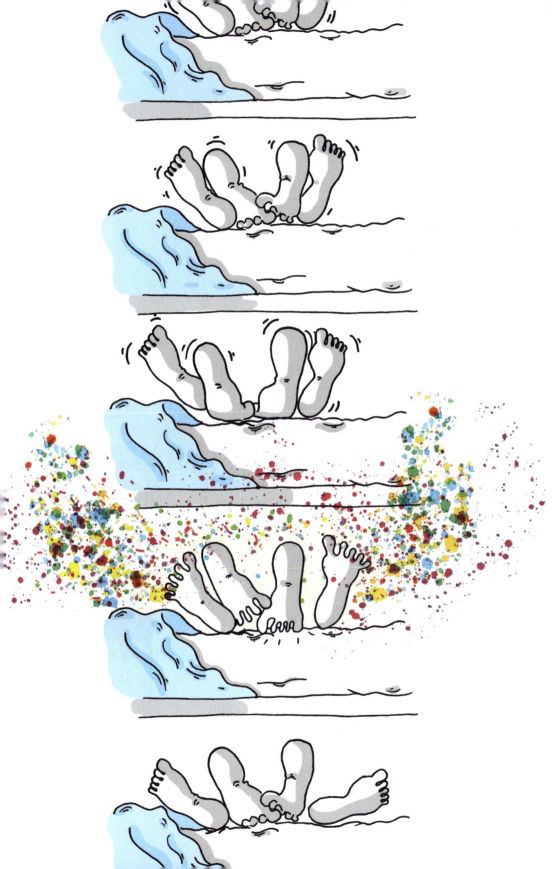

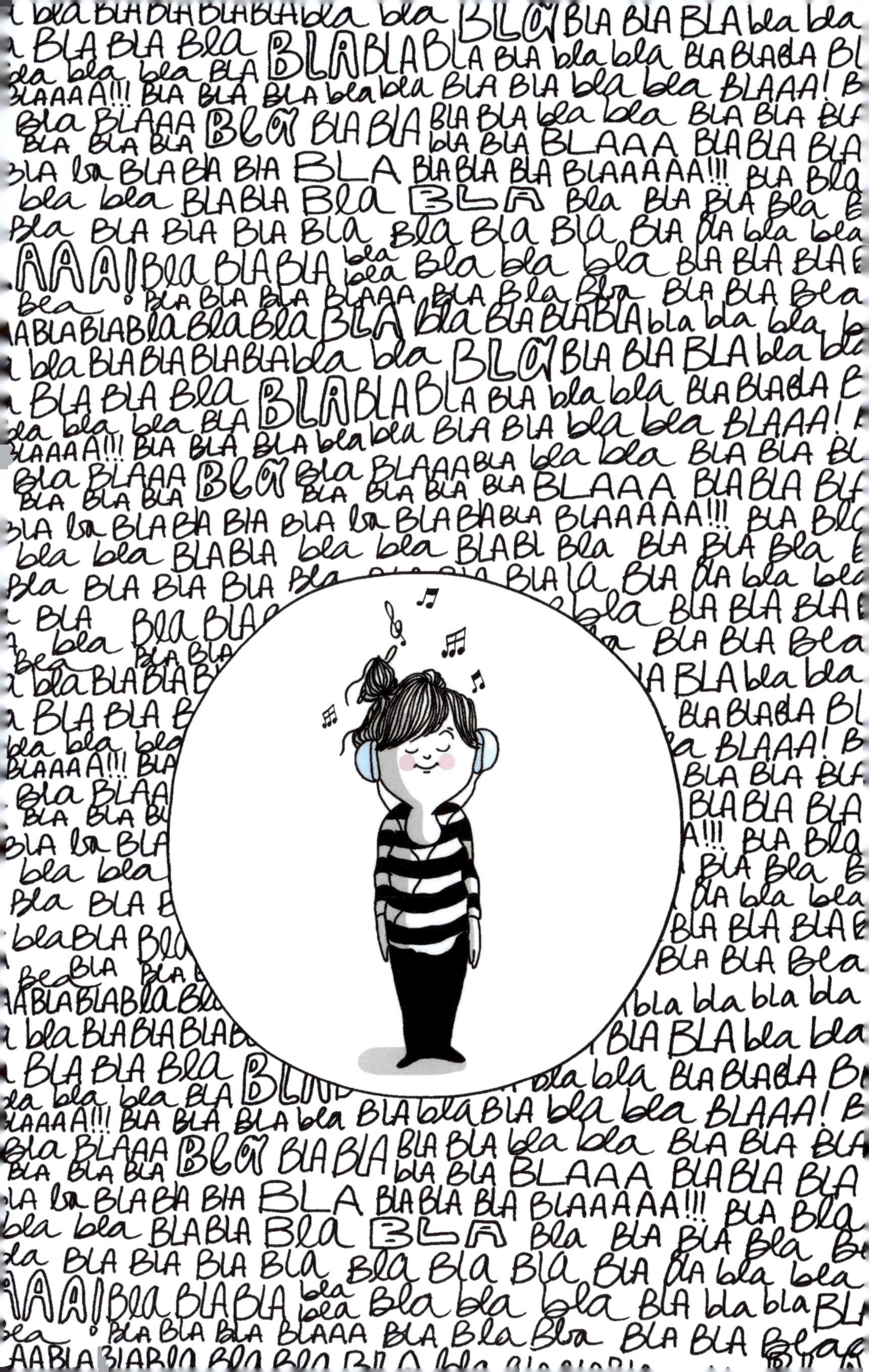

COISAS QUE VOCÊ NÃO DEVE FAZER SE ESTIVER DEPRIMIDA:

- CONVERSAR COM OS "SUPER HAPPY"

Assuma Que:

VOCÊ TEM DIFICULDADE EM DISTINGUIR A ESQUERDA DA DIREITA

É FÁCIL IDENTIFICAR OS APAIXONADOS NA CIDADE.

COISAS QUE VOCÊ NÃO DEVE FAZER SE ESTIVER DEPRIMIDA:

• BUSCAR UM ELOGIO FÁCIL

PRECISO DE UM POUCO DE VERDE.

ESTE LIVRO FOI COMPOSTO NAS TIPOLOGIAS ADOBE GARAMOND PRO, AVERIA SERIF, CENTURY GOTHIC, HAPOLE PENCIL, HELVETICA NEUE LT STD, ITC AMERICAN TYPEWRITER, LETRAVOLATIL, OCR A STD, E IMPRESSO EM PAPEL OFFSET 90 G/M² NA LIS GRÁFICA.